Tardi

Les Aventures Extraordinaires
d'Adèle Blanc-Sec

Le Secret de
la Salamandre

Librio

Du même auteur

Dans la même collection

Adèle et la Bête (Les Aventures Extraordinaires d'Adèle Blanc-Sec — 1)
Le Démon de la Tour Eiffel (Les Aventures Extraordinaires d'Adèle Blanc-Sec — 2)
Le Savant Fou (Les Aventures Extraordinaires d'Adèle Blanc-Sec — 3)
Momies en Folie (Les Aventures Extraordinaires d'Adèle Blanc-Sec — 4)
Adieu Brindavoine suivi de *La fleur au fusil*

Bandes dessinées

Le démon des glaces
Rumeurs sur le Rouergue (en collaboration avec Pierre Christin)
Adieu Brindavoine
Les Aventures Extraordinaires d'Adèle Blanc-Sec (8 volumes parus)
Polonius (en collaboration avec Picaret)
Griffu (en collaboration avec Jean-Patrick Manchette)
Ici Même (en collaboration avec Jean-Claude Forest)
Brouillard au pont de Tolbiac (d'après Léo Malet)
Le trou d'obus
Tueur de cafards (en collaboration avec Benjamin Legrand)
120 rue de la gare (d'après Léo Malet)
Une gueule de bois en plomb
Jeux pour mourir (d'après Géo-Charles Véran)
C'était la guerre des tranchées
Casse-pipe à la nation (d'après Léo Malet)
Le der des ders (d'après Didier Daeninckx)
Varlot soldat (en collaboration avec Didier Daeninckx)
La débauche (en collaboration avec Daniel Pennac)
M'as-tu vu en cadavre ? (d'après Léo Malet)
Le cri du peuple, tome 1 : *Les canons du 18 mars* (d'après Jean Vautrin)

Livres illustrés

Le cochon enchanté (d'après un conte roumain)
Voyage au bout de la nuit (roman de Louis-Ferdinand Céline)
Casse-pipe (roman de Louis-Ferdinand Céline)
Rue des rebuts
Tardi en banlieue
Mort à crédit (roman de Louis-Ferdinand Céline)
Un prêtre en 1839 (roman de Jules Verne)
San Carlos (roman de Jules Verne)
L'enfant de l'absente (roman de Thierry Jonquet, Jacques Tardi et Jacques Testard)
Le fusillé (roman de Blanche Maupas)
Tardi... par la fenêtre
Sodome et Virginie (pièce de Daniel Prévost)
Un strapontin pour deux (en collaboration avec Michel Boujut)
Il faut désobéir : La France sous Vichy (en collaboration avec Didier Daeninckx)

Lettrage : Anne Delobel
© 1981 Éditions Casterman – Tardi

PARIS octobre 1933.

Aujourd'hui, à 3h du matin, Lucien BRINDAVOINE est mort à l'hôpital Broussais, abattu par un flic... Tiré à bout portant sans sommations. Dénoncé par un indic, sombre manœuvre policière...

Il est grand temps pour moi de relater les faits tels qu'ils se sont déroulés et en commençant par le début, en un mot de dire la vérité quelles qu'en soient les conséquences... Dire la vérité ou presque.

Il s'était passé beaucoup de choses depuis ce jour de décembre 1913 où MOUGINOT fut tué par Thomas ROVE, alors qu'il venait de trouver la substance capable de redonner vie à Adèle BLANC-SEC *

PAN

Ensuite DIEULEVEULT tua Thomas ROVE qu'il avait payé pour tuer MOUGINOT.

PAN

Après avoir abattu son homme de main, DIEULEVEULT dit ceci :

Bon ! Ce n'est pas grave, l'humanité ne se plaindra pas de la perte de ce grossier personnage, mais par contre elle se réjouira de la disparition d'Adèle BLANCSEC! MOUGINOT mort, il ne me reste plus qu'à saboter le système de conservation, et adieu Adèle !

8 mois plus tard, le 2 août 1914. Un beau dimanche d'été, la guerre éclata et tout le monde y alla joyeusement, la fleur au fusil ... Incroyable mais vrai !

...A mourir de rire devant tant d'enthousiasme patriotique.

* Voir MOMIES EN FOLIE .

3

* Voir LA FLEUR AU FUSIL.

Cependant certains - à mon avis beaucoup - ne furent pas héroïques...

...C'est le cas du soldat de 2ème classe BRINDAVOINE qui, en ce 9 décembre 1916 le moral bien bas au fond de sa tranchée pleine d'eau...

Putain de guerre !

Mais nous y reviendrons plus tard.

Et Adèle BLANC-SEC pendant tout ce temps où est-elle ? Infirmière à l'arrière soulageant les souffrances du poilu ?...

...NON ! ELLE DORT !

Elle dort tranquillement dans un bloc de glace, maintenue en hibernation depuis 1912 par Félicien MOUGINOT. Elle dort alors que tout le monde se fait tuer et elle s'en fiche car elle ne sait même pas qu'il y a la guerre.

Et même si elle l'avait su, elle s'en serait fichu autant que de la cathédrale d'Albi ou de la statue de Napoléon à Ajaccio.

Elle dort dans le pavillon de MOUGINOT à Paris...

MOUGINOT savait comment la ramener à la vie, c'est la momie d'Adèle BLANC-SEC qui lui avait dit comment procéder, mais MOUGINOT est mort et la momie est rentrée au Caire... Alors qui va s'occuper d'Adèle ?

5

Revenons au front et au soldat BRINDAVOINE.

Putain de guerre !

Il est bougrement las mais il vient de prendre une décision...

J'en ai plein l'cul ! Je rentre à la maison. Ils finiront sans moi !

Son ami ROY blessé au fort de DOUAUMONT travaille maintenant à l'arrière dans un hôpital militaire et il lui a envoyé une petite boîte de métal que BRINDAVOINE a reçu hier matin au repos.

Il en faut du courage pour s'entailler profondément le bras avec un couteau, certainement plus que pour tirer sur "l'ennemi". C'est peut-être en cela que BRINDAVOINE fut tout de même un héros '!?

Il ouvrit la petite boîte de métal, elle contenait un pansement gangréné prélevé sur un blessé par ROY dans son hôpital militaire... BRINDAVOINE appliqua l'emplâtre infecté sur son entaille et l'y maintint en place avec une bande velpeau.

Et vive la FRANCE !

C'est à cet instant qu'un gros obus de 400 tomba à proximité !

Et merde !
Ils remettent ça !
Ah ! Les cons !

Où sont nos lignes ?
Bordel ! Je me
suis perdu !

Un abri ! Allemand ?
Français ?

Boche !
C'est les gaz
qui les ont eus
ceux-là ! Cette
guerre est encore
plus pourrie que
toutes celles d'avant !

A A A

CRIIII

La porte s'ouvre. Mystère ! Mystère !

HE!

RENDEZ-VOUS!

Vous êtes faits ! ...comme des rats !

HA! HA! HA!

Excusez-moi, mais les portes qui s'ouvrent toutes seules et les cryptes humides, j'ai tellement lu de conneries de ce genre que j'ai un mal fou à prendre ça au sérieux.

Une lumière verte angoissante et mystérieuse ! C'est normal !.. C'est normal ! ...

Salut !

Ah ! Une statue qui parle ! Qu'est-ce que je vous disais.

As-tu jamais entendu parler d'Adèle BLANC-SEC ?

Vaguement par un cousin...

Elle se trouve dans un bloc de glace, 66 rue des droguistes, chez MOUGINOT.

Et alors ?

9

Écoute-moi ! Celui qui te parle n'est pas ici, il se trouve à des milliers de kilomètres de toi !

Ah bon ?

Je te parle par l'intermédiaire de cette statuette, mais je suis au Caire, confortablement installé, alors que toi tu patauges dans la boue. Je suis la momie d'Adèle BLANC-SEC.

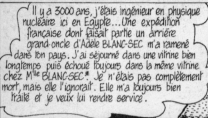

Il y a 3000 ans, j'étais ingénieur en physique nucléaire ici en Égypte... Une expédition française dont faisait partie un arrière grand-oncle d'Adèle BLANC-SEC m'a ramené dans ton pays. J'ai séjourné dans une vitrine bien longtemps puis échoué toujours dans la même vitrine chez Mlle BLANC-SEC.* Je n'étais pas complètement mort, mais elle l'ignorait. Elle m'a toujours bien traité et je veux lui rendre service.

La ramener à la vie !

... Et c'est toi qui vas m'y aider. Tu vas aller à Paris chez MOUGINOT au 66 de la rue des droguistes !

Vous croyez que c'est un service à lui rendre ?

Ah ! Vous, vous êtes une marrante, madame la momie !

Un obus de 210 explosa au moment précis où la pluie se mit à tomber raide et glacée pour ajouter au confort des combattants...

* Voir MOMIES EN FOLIE.

10

Souviens-toi de ça : MEGALOBATRACHUS JAPONICUS !

Tout va s'effondrer !

MEGALOBATRACHUS JAPONICUS !

J'm'en fous ! AAA

Au même instant, quelque part en Chine...

Suivons ce cavalier qui vient de pénétrer dans la ville.

Où va-t-il ? Mais où va-t-il ?

Que fait-il ? Il remet une enveloppe ! Un message ?

Un message pour toi, WA FUNG !

Un message ! Je l'avais dit ! Bon sang, quelle belle histoire !

11

Au même instant, quelque part à New-York...

Suivons cet homme qui marche hâtivement dans Manhattan...

Où va-t-il ? Mais où va-t-il ?

Toc ! Toc !
Toc ! Toc ! Toc !
Toc ! Toc !

Que fait-il ? Il remet une enveloppe ! Un message ?

Un message pour toi, sale jaune !

Donne-moi ça ! Chien d'Américain !

Avertis Otto ! Dis-lui que tout est prêt !

Les affaires marchent ?

J'ai pas à me plaindre du restaurant, les rats américains dans ton genre aiment la nourriture chinoise ! Quant à l'opium, rien à dire, les caisses de soja sont toujours bien remplies. Et puis avec cette guerre en Europe, la morphine se vend bien, les hôpitaux regorgent de grands blessés et, d'une certaine façon, j'ai à coeur de soulager leurs maux.

Bonjour, GIBSON.

Entrez ! Il vous attend !

M. WARFIELD, Monsieur !

Monsieur.

Alors ?

Otto LINDENBERG ! Tout le monde aura reconnu le maître d'Iron-city*. La légende voulut qu'il soit mort en Mer Noire, fuyant sa retraite d'Afghanistan à bord d'un dirigeable...

Tout est prêt, Monsieur. Aucun problème.

Bon ! Ne perdons pas de temps...

?

?

CRAC

* Voir ADIEU BRINDAVOINE.

13

WARFIELD, ALLEZ VOIR!

Oui Monsieur.

ARRÊTEZ! JE VAIS TIRER! ARRÊTEZ!

AAA...

AAAAAAA

Qui est-ce? Vous l'avez vu?

C'était GIBSON! Il s'est fichu par la fenêtre!

GIBSON écoutait aux portes! La petite ordure, qu'est-ce qu'il manœuvrait? WARFIELD, faisons vite! Encore plus vite que prévu, précipitons les choses!

2 jours plus tard au front...

MMM...

?

Il est fichu, celui-là! Pas la peine de l'évacuer, y va crever. Y'en a d'autres qu'attendent.

J'ai... une montre... du vin dans ma gourde... et... et de l'argent... tout ça, c'est pour vous... Emmenez-moi... s'il vous plaît... emmenez-moi...

Ça change tout. On peut faire un effort. Pas vrai, l'Parigaud? Amène le brancard!

ouais...

Salauds...

14

Je me présente : major POCHARD. Vous avez beaucoup déliré durant ces trois jours de coma, soldat BRINDAVOINE... Dans votre fièvre, vous avez parlé de beaucoup de choses étranges, d'une boîte en fer, d'un pansement gangrené envoyé jusqu'à vous au front par un complice de l'arrière et d'une blessure volontaire au bras gauche.

Voilà comment on s'inocule volontairement la gangrène, voilà comment on perd un bras, et voilà comment on se retrouve devant le peloton d'exécution !

4

Allez-y ! Maintenant, je m'en fous... Appelez-le tout de suite, votre peloton...

On fusille facilement, en ce moment. Les hommes sont fatigués, cette guerre s'éternise et certains se mutilent pour rentrer dans leur foyer - via l'hôpital - au prix d'un bras, d'une jambe ou d'une main, mais beaucoup finissent collés au poteau. Il est nécessaire que le soldat continue à se battre !

Votre compte aurait été bon si vous n'étiez pas tombé sur moi. Vous avez eu de la chance. Je ne suis pas militaire de carrière et je déteste la guerre tout autant que vous... Depuis le début de cette boucherie, j'en ai vu passer des pauvres bougres atrocement blessés. Beaucoup sont morts dans mes bras sans que je puisse rien pour eux... C'est dur pour un médecin, croyez-moi...

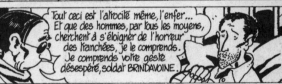

Tout ceci est l'atrocité même, l'enfer... Et que des hommes, par tous les moyens, cherchent à s'éloigner de l'horreur des tranchées, je le comprends. Je comprends votre geste désespéré, soldat BRINDAVOINE.

Aussi je ne dirai rien.

Cigarette ?

Oui.

Au mois de mai 1917, Lucien BRINDAVOINE fut médaillé, puis démobilisé.

14

Il rentra chez lui, à Neuilly-sur-Seine, encore ému par le souvenir de cet homme généreux qu'il avait rencontré non loin du front: le médecin major, POCHARD

Où j'ai foutu la clef ?

Evidemment, POCHARD n'était autre que l'ignoble DIEULEVEULT, qui s'était juré de tuer Adèle à la fin de "MOMIES EN FOLIE", tant il la haïssait ! Mais BRINDAVOINE n'aurait pu le reconnaître, pour la bonne raison qu'il ne l'avait jamais vu.

Je la tuerai de mes propres mains !

Eh oui... Comment l'aurais-je reconnu, ne l'ayant jamais vu ?

Le char! Crevé, évidemment! Bravo pour l'accueil! Une charogne de plus!

En mai 1914, trois mois avant la guerre, je quittais cette maison. Trois ans plus tard, me voilà de retour. Quand je suis parti, j'étais jeune et con, je rentre manchot et toujours aussi con !

Dès son retour du front, BRINDAVOINE se mit à boire, en proie à un profond désespoir. Ce fut le début d'une longue déchéance, d'une destruction systématique et en règle.

MERDE À LA GUERRE!

MERDE À L'ARMÉE!
MERDE À LA FRANCE!
MERDE AUX CONS!
MERDE AUX CURÉS!
MERDE AUX FLICS!

DONG! DONG!

?

Et merde !

17

EDITH!

Monsieur Lucien!

Votre bras!

MORT POUR LA FRANCE! HA! HA! HA! Voyez la médaille. Une médaille un bras en moins égalent un héros et une pension militaire! Invalide de guerre, plus besoin de travailler!

Vous vous souvenez de Bernard, mon fiancé? Il venait parfois me chercher ici. Des soldats de son régiment l'ont vu sauter sur une mine, au fort de VAUX. On n'a rien retrouvé de lui, que son bras gauche.

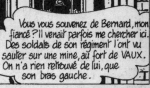

Plus tard...

EDITH mon modèle... Et merde!

FINI, TOUT ÇA! IL FAUT SES DEUX MAINS!

La verrière! L'homme en noir...*

...ZARKHOV tué ici-même, mon départ, ISTAMBOUL, CARPLEASURE, Olga VOGELGESANG, IRON-CITY, KLOTZ, Jean-Etienne DE LA ROSERAIE, le départ en dirigeable, la Russie, la guerre....*

Otto LINDENBERG! Otto LINDENBERG! Otto LINDENBERG!*

* Voir ADIEU BRINDAVOINE.

18

New-York...

C'est moi qui avais fait courir ce bruit sur la mort d'Otto LINDENBERG, mais en réalité, il était bel et bien vivant au sommet du FLAT IRON N.Y.C. NEW-YORK...

Alors, WARFIELD?

Eh bien, voilà: GIBSON travaillait pour la MAFIA.

La MAFIA! Qu'est-ce que ces Ritals viennent foutre dans nos affaires? Je comprends pourquoi GIBSON s'est jeté par la fenêtre. Il avait échoué dans sa mission. Peut-être tout n'est-il pas perdu, de toute façon nous ne pouvons plus reculer, tout le monde sera ici dans un mois. Tout est prêt.

Essayez d'en savoir plus. Je vous paie pour ça, WARFIELD!

Je suis sur une piste, Monsieur.

...MARSEILLE, en France!

Quoi? Vous êtes sûr de ça, WARFIELD?

MARSEILLE?

AAAAAAH

PAN

A

WARFIELD! Qu'est-ce que vous faites? Je vous paie pour quoi?

Ça y est, le gros WARFIELD a terminé sa carrière. A l'heure qu'il est, la vermine bouffe déjà sa graisse.

Long-Island...

Okay, Beppe! Rapplique immédiatement. Ici, on a un autre boulot pour toi, et prends tes affaires de toilette, tu vas voyager...

PARIS. Au jardin des Plantes.

Le docteur JULLIEN, spécialiste des reptiles et des amphibiens, s'apprête à réintégrer dans une des vitrines du muséum une salamandre du Japon naturalisée...

20

Il y a cinq ans, un vandale a détérioré cette bête, cassant la vitrine et lui défonçant la tête. On l'a restaurée...

...et voilà, elle retrouve sa vitrine aujourd'hui, ç'aura été long pour elle, pauvre bête. C'est l'administration, ça. Enfin, pauvre bête...

Batraciens
GRANDE SALAMANDRE
du JAPON
MEGALOBATRACHUS JAPONICUS
(TEMMINCK 1837)

22 h 35, dans un bar.

Et allez ! C'est ma tournée ! J'paie un coup à ces deux bidasses qui demain seront morts pour la France !

Alors, joyeux soldats défenseurs de l'ingrate Patrie -dont on a rien à foutre -, vu qu'on aurait pu naître Serbes, Hongrois ou Lapons et que ça n'aurait rien changé à rien de rien, quelles joyeuses nouvelles du front trimbalez-vous dans vos musettes?

Trop de morts, y en a assez, ceux qui nous commandent sont des assassins, comme ce NIVELLE et ce MANGIN! Le chemin des Dames, Verdun, des morts partout, des milliers de morts pour rien!

Je sais. J'y étais!

Alors y a des révoltes au front, y a des bataillons qui veulent plus monter en 1ère ligne, alors on fusille les hommes qui refusent de se battre, sur ordre de PÉTAIN.

...Il a de l'avenir, ce PÉTAIN. Evidemment, pas une ligne de tout ça dans les journaux. Censure! Presse pourrie! Propagande! C'est comme ce bras arraché par un éclat d'obus, personne n'en a causé dans la presse!

Personne n'a dit qu'il était en train de pourrir dans un trou d'obus pour engraisser l'industrie lourde qui s'en fout plein les poches! Qu'est-ce que tu en penses, commerçant?

C'est vrai, ça!

C'est pour qui qu'on la fait, la guerre? Hein, loufiat? Pour les industriels: RENAULT, SCHNEIDER, BOUSSAC et Cie, pour les marchands de ferraille, pour les marchands de fusils...

...pour les commerçants, pour les marchands de vin! OUAIS, POUR LES GROS MARCHANDS DE VINASSE DÉGUEULASSE! ...POUR LES BISTROTS DANS TON GENRE!

OH!

AA

P'TIT CON! Mes trois fils sont morts dans les tranchées!

20

Il est nécessaire de préciser que depuis le début de ce récit, des messagers ne cessèrent de porter des missives aux quatre coins du monde et que partout la même réponse leur fut faite...

Tout est prêt.

Tout est prêt.

Tout est prêt !

Tout est prêt !

Le 1er juin 1917, un médium fut enlevé par deux individus louches, à Paris, dans le quartier de l'Odéon.*

Pendant ce temps, BRINDAVOINE s'abîmait systématiquement dans l'alcool...

Ouais...

* Voir LE SAVANT FOU.

...

23h45, quai des Belges.

Trève de cartes postales ! Deux sergents de ville effectuant leur ronde de nuit remontent la Cane-bière, s'apprêtant à rentrer au poste de police.

PAN

? ?

Hé, dis donc, il est mort ! Une balle dans la tête.

Merde, c'est un flic ! Inspecteur DUFLOT. Merde alors... Remarque, ça fait une ordure en moins...

Pour le suprême Effet

Minuit, gare St Charles...

24

Le lendemain...

PARIS, gare de Lyon.

Allo? Ça y est, il est à Paris. Il prend un grand crème au buffet de la gare. Je continue ma filature?

Parfait... Parfait!

Plus tard, dans le bureau du Commissaire Principal FOUGEROLLES...

Ah, Inspecteur CAPONI! Asseyez-vous!

CAPONI, vous êtes certes un policier hors-pair, mais vos états de services, bien qu'excellents, s'entachent d'un certain nombre...euh...disons de bavures. Aussi vais-je vous donner l'occasion de vous racheter. Je vous confie une affaire délicate. Avez-vous entendu parler de la Mafia?

Non.

25

La Mafia est une organisation criminelle internationale d'origine sicilienne. Une sorte de syndicat du crime et vous savez ce que je pense des syndicats, CAPONI ! La Mafia est fortement structurée aux États-Unis, à New-York notamment. Tous ses membres sont Italiens et vous savez ce que je pense des italiens, CAPONI ! Bref... Ces gens sont extrêmement organisés et dangereux !

Ah bon...

Hier soir, un de nos hommes, l'inspecteur DUFLOT, a été abattu par un tueur de la Mafia. Heureusement un autre de nos hommes, l'inspecteur DUCLOS, l'avait en filature. Le mafioso est à Paris, vous allez prendre la relève de DUCLOS. RIVIERE et RIBIERE vous seconderont ! Et surtout, pas d'âneries, CAPONI !

Bien, M. le Commissaire Principal.

Il faut que vous arriviez à savoir ce que ce bandit vient faire ici. Allez, CAPONI, et n'oubliez pas qu'un de vos camarades a été tué par cet homme !

Ne manquons pas une occasion de nous cultiver ! La définition que donne FOUGEROLLES de la Mafia est assez simpliste, mais n'oublions pas que FOUGEROLLES est un flic ! Interrogeons-nous sur l'origine du mot « mafia ». Le terme mafia provient peut-être d'un vieux mot toscan : maffia - misère - mais l'orthographe maffia n'est pas d'usage sicilien. Autre explication : Morte Alla Francia Italia Anela (L'Italie souhaite la mort de la France)

soi-disant cri de ralliement des rebelles siciliennes, en 1282. Encore une autre explication : Mazzini Autorizza Furti, Incendi, Avvelenamenti (Mazzini autorise le vol, l'incendie et le poison)

...Serment d'un groupe de terroristes siciliens, créé par le MAZZINI en question en 1860... Mais il semble plus vraisemblable que le terme dérive d'un mot arabe signifiant lieu de refuge ou caverne, endroits où les mafiosi siciliens se cachaient pour échapper aux Sarrasins... Encore plus vraisemblable : dérivation de l'adjectif mafiusu : gens ou objets magnifiques.

...Bon... Le rôle de la Mafia, l'esprit de la Mafia... De la Mafia à la Cosa Nostra, tout ça on s'en fout... Au début, des résistants, aujourd'hui des truands... Actuellement, la Mafia aux États-Unis serait constituée par la coexistence d'une vingtaine de familles. A la tête de chacune d'elles, le boss (padrone) assisté d'un underboss et d'un consialiere ; ensuite, les soldati, ou buttons, encadrés par les caporegime (lieutenants). Bref, l'esprit de famille, la hiérarchie des pouvoirs, la religion, l'armée, le crime, la guerre...

Ce genre de système a fait ses preuves et n'est pas prêt de se casser la gueule.

Le 20 juin, New-York...

26

Alors, BOETTICHER ?

AAA

PAN

Eh bien voilà, Monsieur WARFIELD a été abattu par...

Par ?

Bon... Bon... Bon...

GIBSON travaillait pour la Mafia... Bon ! WARFIELD est abattu et BOETTICHER suit le même chemin ! Ces Ritals ne vont pas m'emmerder plus longtemps, ça suffit comme ça !

ALLÔ !

Long-Island.

AH, LINDENBERG ! Ce cher Otto... j'attendais votre coup de fil !

Paris : BRINDAVOINE boit...

Retour au front...

...Plus exactement à quelques kilomètres du front où DIEULEVEULT, alias POCHARD, se trouve depuis deux semaines, avec son unité médicale de campagne...

A l'écart, nous serons mieux. Petit... Petit... Petit...

Petit... Petit... Petit...

HA! HA! HA!

Après avoir tué Thomas ROVE,* j'ai dû me cacher. Je n'ai pas eu le temps de régler son compte à Adèle BLANC-SEC... Ensuite, la guerre éclate... Je me planque! Où? Ici! Dans l'armée, car la police me recherche toujours, mais dans un mois, durant ma prochaine permission, je pourrai enfin tuer Adèle de mes propres mains!

Notons que DIEULEVEULT n'a aucune raison "valable" de tuer Adèle. Il la hait, c'est tout! Bref... Quelques heures plus tard - je ne saurais dire combien avec exactitude, ignorant à quelle vitesse se déplace un pigeon - le colombin survolait Paris.

26

* Voir MOMIES EN FOLIE.

28

Un message, Monsieur... Par pigeon voyageur.

Donnez!

FLAGEOLET! Simon FLAGEOLET!

Surveiller assidûment Lucien BRINDAVOINE, 27 rue du Château, Neuilly-sur-Seine, le suivre, l'empêcher de pénétrer au 66 rue des droguistes, quartier place d'Italie. A cette adresse se trouve...

FLAGEOLET, ce riche oisif, détective amateur, celui-là même qui aida Adèle à la fin d'"Adèle et la bête" et dans "le Démon de la tour Eiffel", et qui lui refusa son aide dans les deux albums suivants, échaudé par l'avalanche d'ennuis dûs à la fréquentation de la jeune fille !... Vous ne vous attendiez pas à le trouver là... Hein ?

QUOI !

Mon Dieu, je suis perdu! POCHARD veut tuer Adèle BLANC-SEC ! Ce monstre me tient en son pouvoir. Je suis un misérable, je n'aurais jamais dû accepter son certificat d'inaptitude au service armé ! Réforme définitif... Souffle au cœur... En échange de menus services... Tout ça pour éviter d'aller au front ! Voilà où m'a conduit ma lâcheté ! Je suis un misérable et un mauvais français...Mon Dieu..Que faire?

CAPONI, c'est italien ce nom-là. Mon père était corse, de Bastia, mon arrière grand-père, de Turin !... Et voilà que FOUGEROLLES me demande d'enquêter sur la Mafia ! Mon Dieu que faire ?

Léonce, même si tu devais empoison-ner la mère, il faudrait le faire !

Le lendemain...

Inspecteurs RIVIERE et RIBIERE, nous allons nous battre contre la Mafia ! Rude tâche ! Très dangereuse bien qu'il ne s'agisse de débusquer qu'un seul homme. Je suis. Vengeons notre camarade DUFLOT mort en service. Pensons à sa femme et à ses enfants...Heu... Vive la Police! ...

...Messieurs, nous avons du pain sur la planche!

29

Le 28 Juin 1917... l'hôpital militaire où sévit DIEULEVEULT, alias POCHARD...

Que je vous explique : j'aurais pu tuer BRIN-DAVOINE alors que je l'avais sous la main, d'autant plus qu'il parlait de sauver Adèle BLANC-SEC qui vit actuellement grâce au système de conservation de MOUGINOT, mais BRINDAVOINE a parlé, dans son coma, de survie, de vie éternelle ! Il faut que je tire ça au clair.

Paris... Lucien BRINDAVOINE est ivre.

M♪ MMᵐMH

VERSEZ VOTI

LIBERTÉ EGALITÉ F

1915

L'Or Combat Pour

M♪ MM ᵐ MH

M♪ MM ᵐ MH

GRANDES MAGASINS DE LA SAMARITAINE

M♪ MH

BLANC-TOILES
X-LINGERIE

CONFECTION pour BLOUSES ET CHAL

♪MMᵐH

AAAA

TISSU

28

HA! HA! HA!

GIBSON travaillait pour vous! Qu'est-ce que ça veut dire? Vous m'espionnez!!! Vous tuez WARFIELD et BOETTICHER! Vous n'avez aucun respect pour mon personnel, COPPOLA, et ça me déçoit! Vous savez comme il est devenu difficile de trouver des hommes de main dévoués et prêts à toutes les manœuvres.

Porca Madonna, LINDENBERG! C'était pour vous amener à me contacter. J'ai eu vent de cette réunion que vous préparez depuis des mois, vos projets m'intéressent, Otto, devenons associés!

AH OUI?

Ah, oui! Parlons-en, puisque vous savez tout! J'ai dépensé une fortune à envoyer aux quatre coins du monde des hommes à moi, et avec la guerre en Europe, rien n'a été facile. Et puis il y a eu vos simagrées, COPPOLA! J'ai dû retarder la réunion alors que tout était prêt. Un vrai gâchis... Que voulez-vous, au juste?

Une association! Nos familles se sont réunies et votre projet nous intéresse. La guerre va changer beaucoup de choses dans le monde de demain, nous aussi, nous avons à cœur de nous adapter, de préparer l'avenir... Pensons à nos enfants.

Je hais les enfants!

L'un comme l'autre avons eu des débuts difficiles. Vous, dans Canal street et moi, non loin, dans Mulberry street. Nous étions jeunes et entreprenants. Américains, en somme. Il était juste et normal que le monde nous appartienne un jour. Nous avons réussi, chacun à notre manière. Nous pouvons être, en quelque sorte, des exemples pour la jeunesse.

Mais voilà : nous sommes vieux, maintenant. Notre prochaine étape : la mort!

Néanmoins, je pense à l'avenir, d'où cette proposition d'association. Acceptez, nous serons puissants, plus encore qu'aujourd'hui et nous en jouirons longtemps, car, en échange de votre aide qui m'est indispensable, je vous propose de vivre deux mille ans encore!

?

Dites donc! Vous vous foutez de moi ou quoi?

Oh, non!

Tout ceci est très sérieux, Otto! Vous n'avez pas toujours été l'homme le plus riche et le plus haï du monde. Vous aurez la possibilité d'être riche longtemps encore, jusqu'à en être écoeuré, grâce à la méthode BOUTARDIEU améliorée par DIEULEVEULT et définitivement mise au point par MOUGINOT...

...Méthode inspirée par les techniques des médecins de l'Egypte ancienne. La vie éternelle, Otto! Vous entendez: l'éternité pour nous deux! Seulement pour nous deux! Tout ça a commencé à Paris et s'est terminé chez un notaire, à Marseille en France!

Marseille! WARFIELD était sur cette piste.

Exact! Un de nos hommes est là-bas sur place. Seul problème: un individu abject, un alcoolique infirme, blessé de guerre, peut faire échouer nos plans. Il s'appelle Lucien BRINDAVOINE.

BRINDAVOINE! MAIS J'AI CONNU CE TYPE! *

Le jour se lève à Neuilly-sur-Seine, 27 rue du Château...

10 h 24 mn.

Voici donc l'homme que POCHARD m'a chargé de surveiller: BRINDAVOINE, une sorte de clochard manchot, hirsute et sale.

18 h 12 mn.

Bon sang c'est le quinzième bistrot de la journée... à raison de trois ou quatre verres par arrêt, ce type a une descente extraordinaire. Quelle santé!

23h30mn...

Ça y est, il engage la conversation avec ce type! Rencontre de pochard, fraternité du zinc. Ça va durer toute la nuit, je vois ça d'ici! Mon Dieu, quel fléau, l'alcoolisme!

31

* Voir ADIEU BRINDAVOINE.

33

Récapitulons! Nous avons assisté à l'association de LINDENBERG, l'industriel et COPPOLA, l'homme de tête de la MAFIA.
Et Adèle BLANC-SEC? Toujours au 66 rue des droguistes chez MOUGINOT, bien au chaud dans son bloc de glace. Depuis longtemps ses plaies se sont refermées, grâce au sérum régénérateur dans lequel elle baigne.

Le médium du quartier de l'Odéon, enlevé par deux individus louches, était arrivé à New-York le 20 juin 1917...

Une semaine plus tôt, Beppe le mafioso avait débarqué au Havre, venant de New-York.

...Il gagna Paris...

...Où il avait rendez-vous avec son contact français de la MAFIA, Ernest LEFAIVRE.
J'étais, à l'hôpital, le voisin de lit de ce type ...BRINDAVOINE et j'ai entendu tout ce qu'il a raconté dans son délire, au sujet de la méthode de survie...

Moi!

Et la façon de ramener à la vie cette fille, Adèle BLANC-SEC. Il faut l'en empêcher car toute l'affaire risque de s'ébruiter s'il réussit.

MON BRAS!

Moi!

Le hasard a voulu que je sois dans le lit voisin de celui de BRINDAVOINE et que je reconnaisse DIEULEVEULT en la personne du major POCHARD. Thomas ROVÉ m'avait montré une photographie de lui...Voilà. Maintenant, foncez à Marseille, ne perdons pas de temps.

Marseille ! Pourquoi Marseille ? MOUGINOT avait envoyé à son oncle, notaire dans cette ville, tous les détails concernant la méthode de survie, suite aux précisions que la momie d'Adèle lui avait données. Il avait agi ainsi, sans doute effrayé par la tournure dramatique prise par les événements.*

Thomas ROVE, employé par DIEULEVEULT pour surveiller puis tuer MOUGINOT, était au courant de l'envoi de la lettre au notaire marseillais. Comme Thomas ROVE était aussi membre de la MAFIA, il en informa son chef, Ernest LEFAIVRE, qui à son tour rendit compte à COPPOLA.

COPPOLA, vivement intéressé par les informations de LEFAIVRE au sujet de la méthode de survie, expédia Beppe en France 4 ans plus tard, dans le but de se procurer la lettre, ce que fit le mafioso après avoir tué le notaire.

Alors, dans la nuit du 15 au 16 juin, que s'est-il passé exactement à Marseille ?

Eh bien, le bandit a tué DUFLOT, un notaire et un député de la majorité !

COSA NOSTRA

Dans un débordement de folie, Beppe signa son meurtre, ce qui permit à la police d'y voir le fait d'un membre de la MAFIA, mais l'inspecteur CAPONI crut longtemps que Cosa et Nostra étaient les nom et prénom de l'assassin.

En sortant de l'étude du notaire, le mafioso abattit l'inspecteur DUFLOT- 40 ans, spécialiste du passage à tabac et père de 2 enfants. Il surveillait l'immeuble du notaire, dont un des étages était occupé par un proxénète.

PAN

GÂ! GÂ!

Le projectile traversa le corps du flic, ricocha sur un mur et tua net un député de la majorité qui passait par là. C'est ainsi que Marcel PICHOUILLARD termina sa piètre existence.

DING

Le mafioso fut pris en filature par l'inspecteur DUCLOS, jusqu'à Paris où l'affaire fut confiée à l'inspecteur CAPONI.

Paris, le 20 juillet. BRINDAVOINE boit ! Toujours surveillé par Simon FLAGEOLET.

33

* Voir MOMIES EN FOLIE.

35

New-York, le 23 Juillet.

Allô! COPPOLA! Vous savez... Le médium de Paris est vraiment formidable. Il nous sera très utile et...

Long-Island.

Ecoutez, LINDENBERG! Je ne crois pas un instant à ce genre de sornettes!

Vous avez tort, COPPOLA! Ce type est extraordinaire!

Des messagers repartirent aux quatre coins du monde et cette fois-ci, la date de la réunion fut arrêtée pour Novembre 1917... Le projet qui intéressait tant COPPOLA, prenait enfin forme.

Alors, c'est pour quand?

Le 1er Novembre! Le 1er Novembre 1917! Cette date marquera notre siècle, COPPOLA!

Paris, le 25 Juillet 1917. 23H, le major POCHARD arrive à son domicile.

Immédiatement, il quitte son uniforme et passe des effets civils. Nous reconnaissons du même coup le professeur DIEULEVEULT, l'homme qui s'est promis la fin d'Adèle BLANC-SEC....

HA!

Au même instant, au front, le soldat NICOLLET fait un terrible cauchemar.

HMMH

Soudain, un obus tombe non loin du malheureux poilu.

FLAGEOLET est prévenu de mon arrivée en permission. Pas de temps à perdre! Cette nuit, Adèle va mourir.

36

Chez FLAGEOLET. 1H du matin.

Nous allons chez MOUGINOT, saboter le système de conservation qui maintient cette petite garce en vie...

... et par la même occasion, j'en saurai plus long sur cette histoire de vie éternelle. MOUGINOT aurait-il découvert un moyen d'atteindre à l'immortalité ?

Allons-y ! Prenez une arme, FLAGEOLET, on ne sait jamais...

Mon Dieu, priez pour moi !

Allez ! Du cran, que diable ! On est un grand garçon ! Des centaines d'imbéciles meurent chaque jour au front mais n'ayez pas peur, FLAGEOLET, nous n'allons pas au feu.

Chauffeur ! Prenez le boulevard Arago, nous allons au 66 de la rue des droguistes.

Seigneur ! Cet homme est un monstre ! Il me manipule ! Il me tient en son pouvoir, il va faire de moi le complice d'un assassin... Je suis perdu.

35

37

Attendez-nous là, Jérôme !

Bien, Monsieur.

Vite ! Vite ! Vite !

Tiens, la porte est ouverte ! Prudence ! Je ris à l'idée d'en finir avec cette péronnelle !

HA! HA! HA!

...Et derrière cette porte, FLAGEOLET, qu'allons-nous trouver ?

LE LABORATOIRE !

Qu'est-ce que c'est que ça ?

J'ai froid !

ARRHHH... ADÈLE BLANC-SEC !

JE LA TUE !

Non ! Monsieur DIEULEVEULT ! Non !

Les deux mafiosi, sur ordre de COPPOLA, s'étaient renduschez MOUGINOT pour étudier les possibilités de transport du matériel.

Bien qu'il eût entendu deux coups de feu et des hurlements, Jérôme, le chauffeur de FLAGEOLET, prit soin de ne pas quitter son siège.

PITIÉ...

ARGHH

Laissez ce crétin !
Filons d'ici !
Emmenez-moi à mon appartement, vite !

PAN PAN
PAN
PAN

AAA

New-York, 1er Novembre 1917.

Tout le monde était là. Tous ceux qui furent contactés aux quatre coins du globe par les messagers de LINDENBERG étaient arrivés à New-York. COPPOLA et le médium étaient présents. LINDENBERG commença son discours.

MESSIEURS !

Messieurs, voici donc réunis ici un ou plusieurs représentants de toutes les nations du monde. Certains, venus de pays riches et industrialisés comme ceux d'Europe, et d'autres, venus de pays pauvres comme ceux d'Afrique ou d'Asie. Vous êtes ici parce que vous avez accepté de construire ce siècle !

Aucun d'entre vous, ici présent, n'est négligeable. Tous, vous êtes influents. Non des gouvernants ou des monarques mais bien plus que cela : des industriels ou des chefs religieux, écoutés et respectés. C'est entre vos mains, entre nos mains que se trouve réellement le pouvoir. Ceux qui, élus par le peuple ou hissés sur un trône, semblent détenir les rênes de telle ou telle nation, ne sont que des pantins entre nos mains.

Au même instant à Paris.

Le dernier et au lit !

Le pouvoir économique ou idéologique, apte à faire plier le monde, nous l'avons !

Ce pouvoir est tel que la majorité des êtres qui peuplent la planète nous vénèrent et nous enrichissent.

Au front : le soldat NICOLLET.

Où t'as trouvé ça ? Dis donc, c'est rien moche ton truc-là. C'est quoi ?

J'sais pas, mais comme j'suis de la brocante à Clignancourt, j'y revendrai facile pendant ma perm.

Nous sommes en apparence derrière les chefs, démocratiquement élus ou non, mais les véritables décisions sont prises par nous seuls.

41

Cette guerre qui sévit actuellement en Europe est un bel exemple de notre puissance. L'industrie lourde est florissante, tant en Amérique qu'en Europe. Il nous appartient d'organiser tel ou tel conflit pour assurer l'économie d'un pays et par là même nous enrichir !

Certains pays non encore industrialisés sont riches en matières premières nécessaires à l'industrie. Les chefs religieux doivent maintenir la main-d'œuvre à la tâche et assurer la domination du pays colonisateur, lequel pays colonisateur donnera le change en dispensant de maigres bienfaits aux peuples sous sa botte !

À Paris, Simon FLAGEOLET se rétablissait lentement.

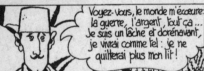

Voyez-vous, le monde m'écœure : la guerre, l'argent, tout ça... Je suis un lâche et dorénavant, je vivrai comme tel : je ne quitterai plus mon lit !

Pour ce faire, rien de plus facile car les gouvernements et leur appareil militaire et policier sont à notre solde !

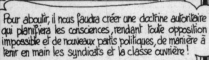

Pour aboutir, il nous faudra créer une doctrine autoritaire qui planifiera les consciences, rendant toute opposition impossible et de nouveaux partis politiques, de manière à tenir en main les syndicats et la classe ouvrière !

À Paris, dans le bureau du Commissaire Principal FOUGEROLLES...

Alors, CAPONI ?

Nous piétinons, M'le Commissaire Principal.

42

La création d'une caste privilégiée en apparence, ayant l'illusion du pouvoir tout en étant à notre merci, une caste d'élus "supérieurs et responsabilisés" nos hommes de main que nous manœuvrerons à notre guise

En un mot, nos efforts doivent tendre à ce que les pauvres restent pauvres et œuvrent pour notre prospérité !

Il y eut des projections de l'avenir par l'intermédiaire du médium du quartier de l'Odéon enlevé par deux individus louches et tout le monde fut conquis.

TA TA TATA TA TA

Cette rencontre des "maîtres du monde", que l'histoire immortalisa sous le nom de "Rencontre du 17ème étage", avait pour but de jeter les bases du 20ème siècle, sous la présidence de LINDENBERG l'industriel et de COPPOLA, le chef suprême de la MAFIA. L'esprit de la MAFIA – la souveraineté de la famille et de ses intérêts, le meurtre institutionnalisé, couvert par l'Église...

ajouté à l'esprit d'âpreté des dirigeants de l'industrie mondiale: telle était l'idée. L'industrialisation du meurtre prit son essor, telle marque de bière financerait le KKK, tel fabricant de jouets, un organisme de délation et de répression. Bien évidemment, COPPOLA et LINDENBERG échouèrent, l'homme étant par nature raisonnable et généreux.

A Paris, Beppe recueillait les dernières volontés d'Ernest LEFAIVRE...

Demandez des instructions à COPPOLA. Ne lâchez pas BRINDAVOINE. Surveillez-le, suivez-le. Il habite au 27 rue du Château, à Neuilly...

AAA

16 Novembre 1917. L'Hiver...

Printemps 1918. le 3 Mai...

Juillet 1918. L'Été !

Automne 1918. le 6 Octobre...

Encore l'Hiver ! Le 9 Novembre 1918, au marché aux puces de la Porte de Clignancourt... 12 H 30 ...

La... La statue des tranchées ! La statue qui parle ! MÉGALO... truc JAPONICUS...

QUOI

HA! HA! HA! HA! HA! HA!

44

Et voilà, la grande salamandre du Japon avait enfin livré son secret. Cinq ans plus tôt, avant de rentrer en Égypte, la momie d'Adèle BLANC-SEC avait caché dans la tête de l'animal une lettre destinée à BRINDAVOINE. Il l'avait enfin entre les mains.

Elle contenait toutes les indications nécessaires à la mise en marche du système de réveil d'Adèle. La lettre disait aussi qu'il était chargé de cette mission et lui indiquait l'adresse de MOUGINOT, elle parlait de vie éternelle et de beaucoup d'autres choses troublantes qui incitèrent BRINDAVOINE à boire toute la nuit.

Au matin, il prit une décision.

Cette nuit, j'irai rue des Droguistes!

BRINDAVOINE m'avait dit être rentré de Russie* précipitamment car il avait à faire à Paris. Ce qu'il avait à faire aurait eu un rapport avec les momies du Louvre**. Tout ceci était faux, il fut mêlé à ces évènements beaucoup plus tard, en 1918. Ses propos dénotent bien le caractère affabulatoire du personnage.

Le 10 Novembre à 16H30, FLAGEOLET téléphona...

Allô, Monsieur l'inspecteur de police CAPONI? Monsieur, vous me connaissez***... Voilà... J'ai des révélations à vous faire.

Ah?

A 20H30, BRINDAVOINE passa des vêtements propres. N'allait-il pas réveiller une jeune fille? N'avait-il pas une âme de prince charmant? Au Caire, la momie d'Adèle était aux anges.

Ça oui, je suis aux anges mais surtout parce que cette histoire touche à sa fin!

23H, rue des Droguistes n°66.

HAUT LES MAINS POLICE!

*Voir ADIEU BRINDAVOINE et MOMIES EN FOLIE. **Voir LE DEMON DE LA TOUR EIFFEL et LE SAVANT FOU.

46

HAUT LES MAINS!

Désolé, seulement une main!

COSA NOSTRA!

PAN PAN

LE MAFIOSO!

AAA AAA

PAN PAN PAN

A 23H04, trois flics et un membre de la MAFIA, d'origine Italo-Américaine, trouvèrent la mort.

A 23H07, BRINDAVOINE pénétra dans le laboratoire de MOUGINOT.

C'est donc ça Adèle BLANC-SEC!?

Suivant les indications contenues dans la lettre de la momie, BRINDAVOINE enclencha la mise en route du système de retour à la vie.

A 23H45, la glace fondit.

Moi, c'est BRINDAVOINE Lucien, mutilé volontaire, médaillé et pensionné de guerre.

La guerre?

45

* LA MARSEILLAISE (hymne national français.)

Achevé d'imprimer en Europe à Pössneck (Thuringe, Allemagne)
en août 2002 pour le compte de E.J.L., 84, rue de Grenelle, 75007 Paris
Dépôt légal août 2002
Diffusion France et étranger : Flammarion